TELMA GUIMARÃES
CASTRO ANDRADE

viver um
grande amor

DIÁLOGO

ilustrações
Paulo Tenente

editora scipione

Edição
Samira Youssef Campedelli

Preparação
Dráusio de Paula

Revisão
Cesar G. Sacramento,
Ana Paula Nunes,
Fernanda Bottallo e
Gislene de Oliveira

Coordenação de arte
Maria do Céu Pires Passuello

Projeto de capa
Didier D. C. Dias de Moraes

Editoração eletrônica de capa
Wladimir Senise

Diagramação
Jean Claudio da S. Aranha
e Carla Almeida Freire

editora scipione

Avenida das Nações Unidas, 7221
Pinheiros
CEP 05425-902 – São Paulo – SP

ATENDIMENTO AO CLIENTE
Tel.: 4003-3061

www.coletivoleitor.com.br
e-mail: atendimento@aticascipione.com.br

2020
ISBN 978-85-262-8129-5 – AL

CAE: 262174 – AL
CL: 737779
3.ª EDIÇÃO
7.ª impressão

Impressão e acabamento
MetaBrasil

Ao comprar um livro, você remunera e reconhece o trabalho do autor e de muitos outros profissionais envolvidos na produção e comercialização das obras: editores, revisores, diagramadores, ilustradores, gráficos, divulgadores, distribuidores, livreiros, entre outros.
Ajude-nos a combater a cópia ilegal! Ela gera desemprego, prejudica a difusão da cultura e encarece os livros que você compra.

ABDR
EDITORA AFILIADA

FSC MISTO
Papel produzido a partir
de fontes responsáveis
FSC® C137933
www.fsc.org

Dados Internacionais de Catalogação na Publicação (CIP)
(Câmara Brasileira do Livro, SP, Brasil)

Andrade, Telma Guimarães Castro
    Viver um grande amor / Telma Guimarães Castro Andrade. São Paulo: Scipione, 1997. (Série Diálogo)

    1. Literatura infantojuvenil I. Lira, Joana. II. Título. III. Série.

97-1747   CDD-028.5

Índices para catálogo sistemático:
1. Literatura infantojuvenil   028.5
2. Literatura juvenil   028.5

*Para Cleso e Fabíola,
que vivem um grande amor!*

SUMÁRIO

1 6
2 11
3 19
4 24
5 32
6 38
7 42

8 50

9 55

10 58

11 64

12 68

13 71

14 77

1

Sempre odiei estudar de manhã. Aquela coisa de ficar rolando na cama, enfiando o travesseiro na cara, me enroscando e fazendo a maior maçaroca no lençol, era realmente a maior delícia. E, depois, sei lá, minha turma estava junta desde o sexto ano. É claro que era uma chatice acordar às seis da madrugada pra fazer a educação física no colégio, mas eram só duas vezes por semana e eu aproveitava e ficava por lá mesmo, almoçando na cantina. Almoçando vírgula, comendo aquele monte de quinquilharias que a Jocelina vende.

Minha mãe fica implicada comigo. Acha que tenho de madrugar mesmo, que devo ter um monte de lição pra fazer. Lição eu tenho, né... mas, sabe como é, a gente acaba sempre deixando pra depois. Hoje, por exemplo, eu tive de estudar matemática de montão. A Laura veio aqui depois do colégio. Tinha combinado com ela que era pra trazer a camisola pra gente poder rachar de madrugada. Achei que a minha mãe ia grilar comigo por causa dela. A dona Ivone disse que a Laura dá a maior bandeira lá no clube. Cada fim de semana fica com um menino. Já cansei de falar que isso é problema dela e não meu. E, depois, a dona Ivone é muito fofoqueira. Ela não tem nada melhor pra fazer do que ficar contando as coisas pra minha mãe? Devia era tomar mais conta da Marisa, que não para de zoar na aula!

A Laura esqueceu a camisola. Emprestei a minha. Como se adiantasse pedir para ela trazer alguma coisa! Ela lá tem cabeça? Também, com esse corpo!

Estávamos mais preocupadas com a nossa formatura de nono ano do que com qualquer outra coisa. Vamos ter de ir pra escola fantasiadas de *hippie* depois de amanhã. Faz parte do nosso trote.

Minha mãe veio ver a barulheira que a gente estava fazendo. Claro! Onde é que eu ia arrumar uma roupa de *hippie* pra ir à escola? Se eu não conseguir, tenho de pagar multa.

A Laura sentou o pau na mãe dela. Disse que não está nem aí com ela, com a roupa que ela tem de arrumar.

— Imagina, dona Lurdes, a minha mãe disse que, se eu quiser, vou do jeito que eu ando mesmo. A senhora acha que ando vestida de *hippie*?

Minha mãe caiu na risada.

— Laura, acho que ela tem um pouco de razão. Essa calça boca de sino se usava no meu tempo.

— Mas agora é pata-de-elefante, sabia? Essa não vale. Tem de ser *hippie* mesmo!

Minha mãe pode não ser de cinema, mas faz o que pode.

Pegou uma escada e abriu o maleiro do quarto de hóspede, na verdade, um quartinho de despejo.

— Segurem aí que vai caixa do tempo do Onça! — ela gritou.

Meu pai acordou com o barulho.

Uns resmungos, um "durma, Antônio" e pronto. Lá ficamos noite adentro a remexer nas roupas da caixa.

— Que é isso, mãe?
— Uma bata indiana, ora!
— Credo, dona Lurdinha! Aonde é que a senhora ia assim?
— Por aí. Ou vocês pensam que a gente não namorava?
— Dava beijo de boca aberta?
— Ô, Laura, não fala assim com a minha mãe!
— No começo não. Tudo tinha um prazo. Prazo pra pegar na mão, no ombro, pra dar beijo no rosto, na boca... Pra passar a mão na perna... — ela deu um sorriso malicioso.
— Olha aí, dona Lurdinha! — brinquei.

Dona Lurdinha é mesmo um barato. Minha mãe. É por essa liberdade que as minhas amigas, galinhas ou não, gostam de vir aqui. Podem falar bobagens, contar das ficadas, fazer as perguntas mais bestas e as mais cabeludas. Dona-mãe-Lurdinha pode ficar vermelha, mas responde tudo, tira as cismas, os grilos, descasca ou ameaça descascar alguns supostos pepinos das minhas amigas-problema.

— Que tal esse chinelo de couro e essa bolsona a tiracolo?
— Nossa, mãe! Onde é que você arrasou assim?
— Hum, você nem imagina!

Mamãe abriu a bolsa com um olhar de saudade. Pegou um papel amassado e desdobrou. Tornou a dobrar de forma apressada e enfiou no bolso, com uma cara meio envergonhada.

— Segredinhos, mãe?
— Bobagens, bobagens! — ela suspirou fundo.

MINHA MÃE GUARDAVA SEGREDOS!

Puxa, e eu não guardava nenhum segredo dela. Isso não era nem um pingo justo.

Continuamos a busca aos *hippies*.

Fiquei ainda com aquilo na cabeça. O que estaria escrito naquele papel? Mamãe não quisera contar. Era isso: a Laura estava ali do lado; ia ficar chato.

Puxa, foi divertido até. Mamãe arrumou uma saia indiana pra mim, uma bata, uma sandália de couro da tia Leila, a bolsa a tiracolo e, de quebra, uma banda para amarrar na cabeça.

Tá aqui o desenho:

Morremos de rir da Laura. Uma calça de cintura baixa, listada, boca de sino ou pata-de-elefante — para os mais modernosos —, uma blusinha de crochê, um tamanco com plataforma e uma outra bolsa de couro.

Mamãe arrumou um delineador de plástico, cílios postiços, batom rosa-bebê. Estávamos um arraso. Duvidei que alguém dos nonos anos do colégio estivesse tão riponga quanto nós.

Sabe que fiquei meio enciumada quando a Laura disse pra minha mãe que queria ter mãe igual a ela? Puxa, e eu pensando o contrário. A mãe da Laura é tão liberal! Deixa fazer tudo, voltar a hora que quiser, ficar com quem quiser. Já levou até a Laura ao ginecologista, acredita? Ela pode sair todos os dias, dormir na casa de quem bem entender, tomar vinho na frente dos pais, trazer o último namorado pra casa dela, sem grilos.

Só por causa de umas roupas ripongas ela iria querer trocar de mãe?

2

Minha mãe interrompeu os meus pensamentos.
— Põe o lixo pra fora, meu bem?
Detesto pôr o lixo pra fora. Sempre tem alguém que não amarra direito e ele abre na minha mão. Afora que o cheiro é podre. Tudo bem, o lixo de comida é podre. Aqui em casa o lixo é separado. Plástico num, comida noutro, vidro num terceiro, papel num quarto.
Nossa! Será que joguei o carnê da mensalidade fora? Tava junto com o boletim informativo do colégio!
Abri o lixo de papel. Droga, fazem uns carnês tão pequenos com uns preços tão grandes.
— Achei!
Não. Isso aqui não é nem nunca foi carnê.
O que será?

Lu, eu amo você. E pensar que tudo começou com uma brincadeira de carteira, um deixando bilhete pro outro, com pseudônimo. Eu sei que você me ama, mas eu não estou conseguindo entender o que está acontecendo. Eu telefono para a sua casa e a sua mãe diz que você não está. O que está havendo? Por que você não atende aos meus telefonemas? Por que não deixa mais os bilhetes na carteira? Tenho medo de te perder. Sabe que aquela noite foi a noite mais linda da minha vida? Você disse que me amava e que faria de tudo pra ficar comigo. Você mudou de ideia, meu amor? Lu, sem você eu morrerei. Por favor, fale comigo. Pelo menos um bilhete. Não me deixe assim, por favor. Eu te amo muito, bastante, pra burro, pra sempre.

A.

P.S.: EU EXISTO!
Loucamente eu te amarei,
Um dia após o outro, após o outro, após a vida, após a morte!

Que mórbido!

Nossa! O bilhete amassado de ontem! A minha mãe tinha um passado, era isso? Que noite linda tinha sido aquela que eles viveram? Quem era A.? Minha mãe tinha tido uma paixão antes do meu pai... Acho que era natural, tudo numa boa... Mas até que ponto? Será que ela se casou com meu pai por amor? E se tivesse sido por obrigação? Socorro, quanta bobagem!

Guardei aquele bilhete. Quem sabe um dia, num papo mais calmo, eu pudesse conversar com minha mãe sobre o seu passado... Se é que esse bilhete era um passado mesmo, e não uma coisa de adolescente.

Fiquei com aquilo na cabeça por um bom tempo.

No almoço, meu pai até perguntou:
— Tânia, algo errado?
— Não, pai... É que eu estou com pressa. Tenho de apresentar um trabalho.
— Não era hoje que você ia de *hippie*, Tânia?
— Amanhã, mãe.
— Toni, dá uma carona pra sua irmã — meu pai pediu.
— Logo hoje, pai? Tenho ensaio da banda.
— Espero que a barulheira não seja aqui — meu avô retrucou.
— Não, vô. É na casa do Gera.
— Ah, bom. Eu não aguentava mais aquele TUM-TUM-TUM da semana passada.
— Nos fins de semana eles treinam mais — meu pai logo se desculpou.
Mamãe suspirou sem graça. Muitas vezes o vovô tirava a nossa liberdade, mas fazer o quê? Ele ainda está em franca atividade, entende um bocado de Direito do Trabalho e ajuda meu pai nos processos mais complicados. Mandar para um asilo? Com sessenta e cinco anos?
— Dá tempo de levar a sua irmã, sim senhor.
Toni não gostou. Paciência.
Assim que eu entrei no carro do papai, Toni deu a partida quase levando metade da garagem.
— Desse jeito você acaba matando a gente, cara.
— Avisa os velhos que eu volto tarde.
— De novo?
— Qual o grilo? Vai ficar no meu pé? Corta essa! É o pessoal do basquete.
— Toni, cara, você é meu irmão... Olha lá esse pessoal, hem?

— Fica fria, mana. Não tô fazendo nada errado, tá sabendo?

Desci do carro com a impressão de que ele tinha razão. Meu irmão tem uma cabeça boa, a não ser por uns amigos... O Gera, o Alberto, o Cacá. Bom, o Cacá é meio esparolado, mas acho que é só fachada.

De repente me bateu uma coisa: a prova de matemática. Quando é que eu tinha estudado matemática?

Em algum lugar do passado, evidentemente. Mas muito passado. Talvez quando eu estava nas cavernas, na Idade da Pedra.

— Ângela, tô ralada — cochichei pra minha amiga-vizinha-de--carteira. — Esqueci da prova de hoje. Fiquei preocupada com o trote, aquele da roupa *hippie* e acabei me ferrando.

— Nossa, Tânia, onde é que você anda com a cabeça? Na lua?

— Você me dá uma mãozinha?

— Ih, Tâ, miou... Tenho de terminar estes exercícios aqui... — ela mostrou com a cara que o boi lambeu e cuspiu.

Vai ver tinha mesmo, fazer o quê?

Estava frita. A prova seria depois do intervalo.

Resolvi matar a segunda aula para estudar para a prova. Desci para a biblioteca.

Abri meu livro e meu caderno. O Tato estava lá. Cara safado. Estava pendurado na Mônica. Tão cara de pau que nem ficou sem graça quando me viu.

— Você não tem aula? Aula livre?

— Não. Tenho prova de matemática e preciso dar um malho — respondi, sem nem olhar pra ele.

— Você quer uma mãozinha? A Mônica já está quase sem dúvida.

— Você já resolveu todos os problemas dela?

— Ainda não. Mas os seus são mais importantes.

— Olha, Tato... Eu não estou a fim agora, tá? Preciso dar uma estudada e é só.

— Tudo bem, tudo bem. À noite você me liga? Vai ter uma festinha na casa da Marisa. É pra sua formatura. Topa?

— Eu te ligo.

Finalizei o papo.

Puxa, como é que eu ia fazer alguma coisa na prova? Meu namorado me sacaneava o tempo todo, a Marisa nem tinha me avisado da festa, o bilhete esquisito da minha mãe...

Olhei aqueles números todos no meu caderno. O que eu iria fazer com eles no futuro? As calculadoras serviam pra tanta coisa!

Dei uma espiada em volta. Se tivesse alguém ali pra me dar uma mãozinha, eu mataria a outra aula.

Bem que podia ter ficado com o Tato. Ele era o máximo em matemática. Não só em matemática. Ele era ótimo em inglês, geografia, história. Só não era bom em português. Aí é que eu entrava. Fazia todas as redações pra ele. E o bandido só tirava nota boa.

Definitivamente não era o meu dia. Adivinha quem sentou ao meu lado? A Bruna, irmã do Tato.

— Estudando matemática?

— Tentando.

— Sua mãe ficou brava ontem por ter chegado tarde?

Resolvi entrar na dela.

— Um pouco.

— Bem que eu avisei o Tato, mas ele nem ligou. Noitada, né?

— É.

— Por isso que não estudou? Vai levar um ferro!

Salva pelo gongo. Ikeda também estava matando aula. Puxou uma cadeira e sentou ao meu lado.

— Puxa, telefonei pra Laura ontem e a mãe dela disse que ela foi dormir na sua casa pra estudar matemática. Encontrei com a Laura agora e ela disse que vocês ficaram só provando roupa pra amanhã, é verdade?

A Bruna ficou muito sem jeito. Percebeu o fora e tratou de puxar o carro. Ia levar o maior esporro do Tato.

— É, arrumamos umas roupas legais.
— Não consegui nada. Vou ter de acabar pagando a multa.
— Por quê? — eu ri da cara dele.
— E você imagina o meu pai usando essas roupas?

Não, não imaginava mesmo. A família do Ikeda era do tipo "falar japonês, né? Procurar moça colônia, né?".

Bom, em uma aula eu consegui, pelo menos, a possibilidade de tirar um quatro com as explicações do meu amigo sabe-tudo.

O sinal tocou.

Fomos para a classe. Eu, tremendo, claro. Pela prova, pelo Tato.

Entrei e resolvi sentar lá com a turma do fundão.

O professor percebeu e foi logo apontando para mim. Eu sabia o que vinha em seguida. Acertei em cheio.

— QUEM SENTA AQUI?

Saí do meu fundão e fui pra frente como se fosse um boi indo para o matadouro.

Peguei a folha digitada, preenchi com meu nome completo, número, ano, data e comecei a ler a prova.

Se tivesse estudado mais, com certeza tiraria um nove. De um cinco eu não passaria, e olhe lá.

Até que lá na frente da classe estava divertido. Pude ver a Laura tentando colar da Ângela. Morri de rir com as acrobacias do Renato tentando copiar as respostas do Ikeda.

Houve uma hora em que o professor perdeu a paciência e arrancou a prova da Laura.

— Pode sair — ordenou ele.
— Mas... professor... Eu não estava fazendo nada!
— Tchau, filha.

Fiquei com pena dele. Até que tinha a maior paciência com os alunos malandros.

Consegui fazer uma boa parte da prova. Pelo menos isso.

3

O resto da tarde foi um tremendo saco. Para me distrair ao máximo fiquei respondendo a um teste da revista *Gata*. Até recortei e colei no meu caderno de português. A professora não quer que a gente seja criativa? Pois estou sendo. Olha aí:

PARA VIVER UM GRANDE, GRANDE AMOR...

Parte A

Se você não tem um gatinho...

1. Você acha que tem um *look* legal?
   (X) Sim   ( ) Não

2. Você se sente totalmente excluída se tiver de tocar a vida sozinha?
   (X) Sim   ( ) Não

3. Participa da felicidade da sua melhor amiga com o novo namorado?
   (X) Sim   ( ) Não

4. Tem medo de ficar "totalmente pra titia"?
   (X) Sim   ( ) Não

5. Acredita sinceramente na existência do "príncipe encantado & amor eterno"?
   (X) Sim   ( ) Não

Parte B

Se você tem um gatinho, responda...

1. **Você liga pra ele:**
   a) um monte de vezes.
   X b) depois que ele liga a primeira vez.
   c) só quando precisa mesmo.

2. **Quando ele te deixa excluída para sair com os amigos:**
   a) você acha o máximo e sai também.
   b) morre de ciúme, mas segura as pontas.
   X c) tem um ataque de raiva.

3. **Vocês brigam?**
   a) Às vezes.
   b) É difícil. Sempre rola um papo pra resolver o drama.
   X c) Toda hora.

4. **Sabe o que eu mudaria no meu gato?**
   a) As roupas superbregas.
   X b) Os amigos chatos dele.
   c) Nadinha, acredita?

5. **Ele chega na caradura e diz que não vai sair com você porque tem de estudar. Você imediatamente...**
   a) tem uma crise de ciúme porque ele está (claro!) com outra garota.
   b) bate um fio pra sua melhor amiga e pergunta se ela engole essa.
   X c) vai rapidinho ao cinema e se entope de pipoca e Coca-Cola.

Responda se você não tiver um gatinho no momento...

6. **No momento eu...**
   a) não estou ligada em ninguém.
   b) estou morta de paixão pelo mesmo gato de sempre.
   c) estou na milésima paixão, sacou?

7. **É legal ter um gato porque:**
   a) detesto ficar excluída.
   b) melhor um gato miando por perto que dois miando em outra freguesia.
   c) ah, o amor... Não é uma palavra linda?

8. **Você fica:**
   a) cada fim de semana com um gatinho legal.
   b) quando se sente excluída.
   c) só quando está apaixonada.

9. **Você preenche a falta dum gato:**
   a) com muitos outros gatos.
   b) ficando na sua e tocando a vida com as coisas de que gosta.
   c) saindo sempre com a turma.

10. **A felicidade:**
    a) é não estar sozinha nunca.
    b) é absolutamente possível.
    c) não existe, decididamente.

Parte A

Some 2 pontos para cada "sim".

Parte B

(Só se você tiver um gato.)
1) a) 1   b) 2   c) 0
2) a) 2   b) 1   c) 0
3) a) 1   b) 2   c) 0
4) a) 0   b) 0   c) 2
5) a) 0   b) 0   c) 2

(Se você não tiver um gato.)
6) a) 2   b) 1   c) 0
7) a) 0   b) 0   c) 2
8) a) 0   b) 0   c) 2
9) a) 0   b) 2   c) 1
10) a) 0   b) 2   c) 0

Confira se você está prontinha para viver um grande, grande amor:

0-8 pontos

Bye-bye

Não fique tristinha, boneca... Sua hora ainda não chegou. Não é o fim do mundo estar curtindo uma sozinha agora... Claro, não é isso o que você quer no momento? Não é você quem diz que quer curtir tudo numa nice, sozinha? Calma, isso não é tudo. Na hora certa o seu príncipe chega. Porque esse seu que está aí ao lado é só pra te esquentar a cuca, ou não? Se estiver rolando uma briga danada, dê um tempo. Você pra ele e ele pra você, que tal? Pense nisso com carinho, viu?

9-15 pontos

Preparar, apontar...

Não. O fogo ainda não chegou. Você está meio confusa, não sabe o que quer nem se o que quer vale a pena querer. Ainda mais, rola um ciúme danado na sua vida, hem? Invasão de privacidade é ruim, fofa. Ficar rodando uma porção de gatos por aí também não vai solucionar o seu problema, sacou? Isso só atrapalha as coisas do coração. Não se sinta excluída. Fique mais solta, seja você mesma... E prepare o coração. Seu príncipe pode estar virando a esquina!

16-20 pontos

Fogo!

Se é que ele ainda não virou a esquina, pode se aprontar! Ele está chegando! Adivinhe! Você está na sua, sabe que vai dar tudo certo. Viu que não adianta sair correndo. Tá certo que você ainda tem coisa pra mudar... Está ligada demais no "eu, eu, tudo eu", morre por causa das amigas, do bairro, da cidade, do universo! Calma lá! Você não vai mudar o mundo, sacou? Vá com calma e aí, sim, você vai poder aproveitar melhor esse seu grande, grande e imenso amor.

Essa do meio aí sou eu... A do preparar, apontar. Será que o Tato é meu príncipe pra valer mesmo? Ah, e eu vou saber? Nem eu nem esses testes da *Gata*. Mas que é uma delícia ficar lendo isso em aula chata, ah, isso é!

4

Quando o sinal bateu, eu nem ao menos sabia se tinha havido aula de inglês ou de teatro. Só sei que fiquei lendo tudo sobre esse concurso de poesia aqui da revista. É, concurso de poesia. Acho que vou participar. Até agora só participei de um de margarina. Ganhei nada não. Mas quem sabe, né?

O pessoal saiu e eu demorei um pouco mais. Não conseguia achar meu compasso.

Arrumei tudo na mochila e desci.

Por que fazem colégios com três andares?

Entrei no banheiro. Passei um pouco do meu batom, passei a escova no cabelo. Droga de escola. A gente tinha de usar roupa bem em cima do joelho.

Me olhei no espelho. Não gostei do que vi. Dei umas duas viradas no cós da saia. Assim estava melhor.

Reparti o cabelo para o lado. Ia deixar crescer a franja. Pareceria mais velha, como aquela boba e oferecida da Mônica.

Quando já estava descendo a escadaria, lembrei! Tinha deixado a agenda embaixo da carteira. Já era a segunda que eu perdia. Agenda deixada, agenda perdida. Até aparelho de dentes esse bando de safados não devolve.

Entrei na classe. Coloquei a mão embaixo da carteira. Ao pegar a agenda, senti um papel. Puxei. Esses alunos são mesmo folgados. Largam desde salgadinhos até chiclete mascado, muitas vezes de propósito, nas carteiras. Só pra grudar no material da gente.

Antes de jogar o papel no lixo, abri. Já pensou? Podia ser uma cola da Mirela, que sentava ali mais vezes que eu.

Quem senta aqui?

Letra de homem, com certeza. Quem sentaria ali de manhã? Se eu não estivesse enganada, era alguém do terceiro ano do Ensino Médio.

Fui conferir na porta de entrada da sala de aula: terceiro B.

Será que o bilhete era pra mim? Se não era, ficaria sendo.

Puxei uma folha da agenda. Uma folha roxo-clara.

Não pensei duas vezes no que ia escrever.

Quem senta aqui sou eu. E estou muito triste hoje.

Aproveitei a revista e recortei uma menina com jeito triste. Fiz um balão na frase, como se ela estivesse dizendo isso, do jeito que a gente faz nos nossos diários. Ficou legal.

Fui pra casa com a maior pulga atrás da orelha. Voltei de carona com a tia Leila e a Vivi.

Viemos falando de coisas bobas, conversa jogada fora.

Tia Leila não quis parar em casa, estava com pressa. Vivi tinha de estudar. Entrei. Fui para o meu quarto, tranquei a porta e reli o bilhete. Pô, o cara (tinha certeza, era letra de homem) estava na classe do meu irmão: terceiro B. Bem que eu podia dar uma perguntada pra ele, mas, do jeito que ele é, imagina se ia me contar quem é que senta nessa carteira. Nem a pau.

Não sei por quanto tempo fiquei analisando aquela letra toda desencontrada. Acho que até minha mãe chamar para o jantar. Devo ter me atrasado um pouco, porque, quando cheguei à mesa, o Toni estava sentado no meu lugar. Ele sempre fazia isso. Era de propósito, para me irritar.

— Quem senta aqui sou eu, você sabe!

— Perdeu o trono.

— Gente, que coisa, brigar por um lugar! — minha mãe comentou.

— No meu tempo, era só dar uma olhada e os meus filhos obedeciam — comentou meu avô.

— Pai, funcionou com a gente... Mas nem um grito funciona com eles!

— Gente, quer fazer o favor de parar? — minha mãe praticamente berrou.

— Você gosta quando alguém senta na sua carteira no colégio?

Pronto. Era daí que viria a minha resposta. Descobriria o autor do bilhete "Quem senta aqui?".

— Ninguém tem lugar marcado. Cada um senta onde quer. Quem chegar primeiro, chegou — ele deu uma risada safada e piscou o olho.

Fiquei na mesma. Seria difícil descobrir quem é que sentava na minha carteira, já que o pessoal mudava de lugar toda hora.

Continuamos o jantar.

Eu estava triste. O Tato com outra, um meio ferro de matemática, o meu avô moralista, o meu irmão chato, a minha mãe... Bem, a minha mãe que escondia um segredo de mim. Logo de mim, a sua melhor amiga!

O telefone tocou. Era a Laura querendo saber se eu ia assistir ao jogo dos meninos lá na escola.

— Combinei com a Ângela. Ela disse que também vai.

QUEM SENTA AQUI?
Quem senta aqui sou eu. E estou muito triste hoje.

— Tudo bem. Acho que eu vou.
— Seu irmão vai jogar?
— Sei lá.
Ouvi um barulhão. Era o Toni batendo a porta do quarto.
— Mãe, cadê meu tênis?
— Coloquei pra lavar.
— Eu não acredito!
— Nem eu. Estava imundo.
— Laura, pelo visto ele vai. E se ele vai, vão o Gera, o Cacá e o Alberto.
— Oba, era isso que eu queria. Quem sabe depois do jogo...
— Hã?
— Você está desanimada?
É, eu estava. Eu estava duas coisas: desanimada e curiosa. Quem sabe amanhã eu encontraria um bilhete com uma resposta ao meu.
Fomos para o jogo.
O time do meu irmão estava lá, em peso. O meu também. As meninas do vôlei, como somos chamadas, e o tratante do Tato.
Fiz de conta que não o tinha visto e sentei perto do banco dos reservas. Nem cinco minutos e ele estava pulando de banco em banco até chegar ao meu.
— A fofa está se escondendo do fofo?
Miou. Pode existir papo mais besta?
— Ô, Tato, quer ficar, fique. Mas deixa eu prestar atenção no jogo, tá?
— Preciso falar com você. Só que aqui não dá.
Eu sabia. Ele sempre fazia isso. Toda vez que eu dava uma dura, ele tentava fazer a coisa ficar séria.
— Precisa ser agora?

— Já. Dá pra gente ir lá pro gramado?

— Lá tá escuro. O pessoal da disciplina não gosta que a gente fique por lá à noite.

— É só pra dizer uma coisa importante.

— Tudo bem.

Levantamos e saímos.

Bom, eu ia levar o cano. Esse cara era perseguido por toda uma escola, uma cidade, um estado, um país, um continente. Tinha todos os músculos no lugar. O problema era o cérebro. Talvez o cérebro dele não combinasse com o tamanho dos músculos. Mas cérebro não abraça nem beija. E era aí que estava a minha dúvida. Quem é que não ia querer estar no meu lugar e ser beijada por esse verdadeiro deus grego (havia visto um num museu), triturada por esse Mike Tyson brasileiro, por esse Maguila caçula?

— Taninha, você não ficou grilada com aquele lance da biblioteca, ficou?

— Tato, você me tira do jogo pra falar disso? Ah, eu tenho mais o que fazer, cara!

— Taninha, você não me deu nem um beijo hoje...

— Lógico, você estava com outra...

— Tá vendo como ficou grilada?

— Grilada, eu?

Grilada, lógico.

Por uns quinze minutos, acabei esquecendo do "Quem senta aqui?". Fui praticamente envolvida por uma jiboia do sexo masculino, triturada por um mastodonte pré-histórico.

O problema do Tato era a lábia... Ou melhor, os lábios, os beijos, as costas, os braços. O problema era ele inteiro. O problema maior era eu mesma. Achava o máximo ter conquistado o cara mais gato do pedaço, com direito a cochichos das outras meninas quando a gente passava abraçado.

— Meus pais estão fora.

— Os meus não. Estão bem dentro. E ainda estão o meu avô, o meu irmão, o cachorro, o papagaio.

— Você não entendeu.

— Acho que nem você.

— Sabe o que eu acho, Tânia? Que você é fria! Aliás, metade da escola acha. Não, metade não. A escola inteira. O bairro, a cidade, o estado, o mundo, o continente.

— Tem alguém que não acha.

— QUEM? — ele largou a minha cintura.

— Alguém que não fica só sentado, vendo as meninas desfilarem.

— Posso saber quem é?

— Não.

— Ah, então é um joguinho?

— Pode ser. Ainda não sei.

— Ô, Tânia, sabia que está assim de menina atrás de mim?

— Achei que estivessem na frente.

— Vamos dar um tempo. Achei que você estivesse preparada para uma coisa mais firme, sei lá.

Sabia que ele estava pensando em sexo. Ele que pensasse, que fizesse um tratado sobre sexo, uma defesa de tese, que levasse para a sua casa abandonada, de pais saídos, a grande quantidade de meninas que adorariam ficar, namorar, dormir com ele. Pombas, eu só tenho quatorze anos!

— É, vamos dar um tempo.

E dei as costas para aquele cérebro de ameba de alface... E para aquele físico de cinema. Ó dor, ó céus!

Voltei para o jogo. Estava no finzinho. Sentei no mesmo lugar. Olhei em volta. Quem seria o meu amigo de carteira? Duvido que fosse o meu "grande, grande amor" da revista *Gata*. O meu grande amor tinha acabado de pedir "um tempo". E a boba aqui tinha concedido tempo total para ele.

5

O time do meu irmão ganhou do da outra escola.

Eu estava mais animada. Passei um tempão me arrumando de *hippie*. O povo ia tirar uma em cima de mim.

Começou pela minha mãe.

— Filha, você está bárbara!

— Pra mim está parecendo que é uma *hippie* autêntica! — meu pai falou.

— Pois pra mim parece uma débil! — encheu o Toni.

— Tem algum colarzinho aí pra vender? Eu compro! — vovô falou todo sério.

Fui pra escola desse jeito. Como estariam os meus amigos?

Morremos de rir.

O Ikeda estava impagável. Uma boca de sino enorme, jaqueta *jeans*, toda esfiapada, sandália de dedo, solado de pneu; a Laura, com a roupa que a mamãe emprestou, era a própria rebelde sem causa. De quebra, levara o violão, cheio de margaridas. Ela estava uma graça. O Renato teve de pagar a multa. Disse que não tinha conseguido nada emprestado, a não ser um chinelo de couro cru. A Ângela foi bem a caráter, mas de uma forma comportadinha. Arrumou uns óculos de aros redondos, dourados, lentes esverdeadas. Colou uma margarida no rosto, passou rímel e estava com um vestidão meio transparente. Pra quem sempre foi careta, ela estava bem "aparecidinha".

Os professores morriam de rir da gente.

Teve gente que foi de "roupa normal", só que daí a multa rolou solta, claro!

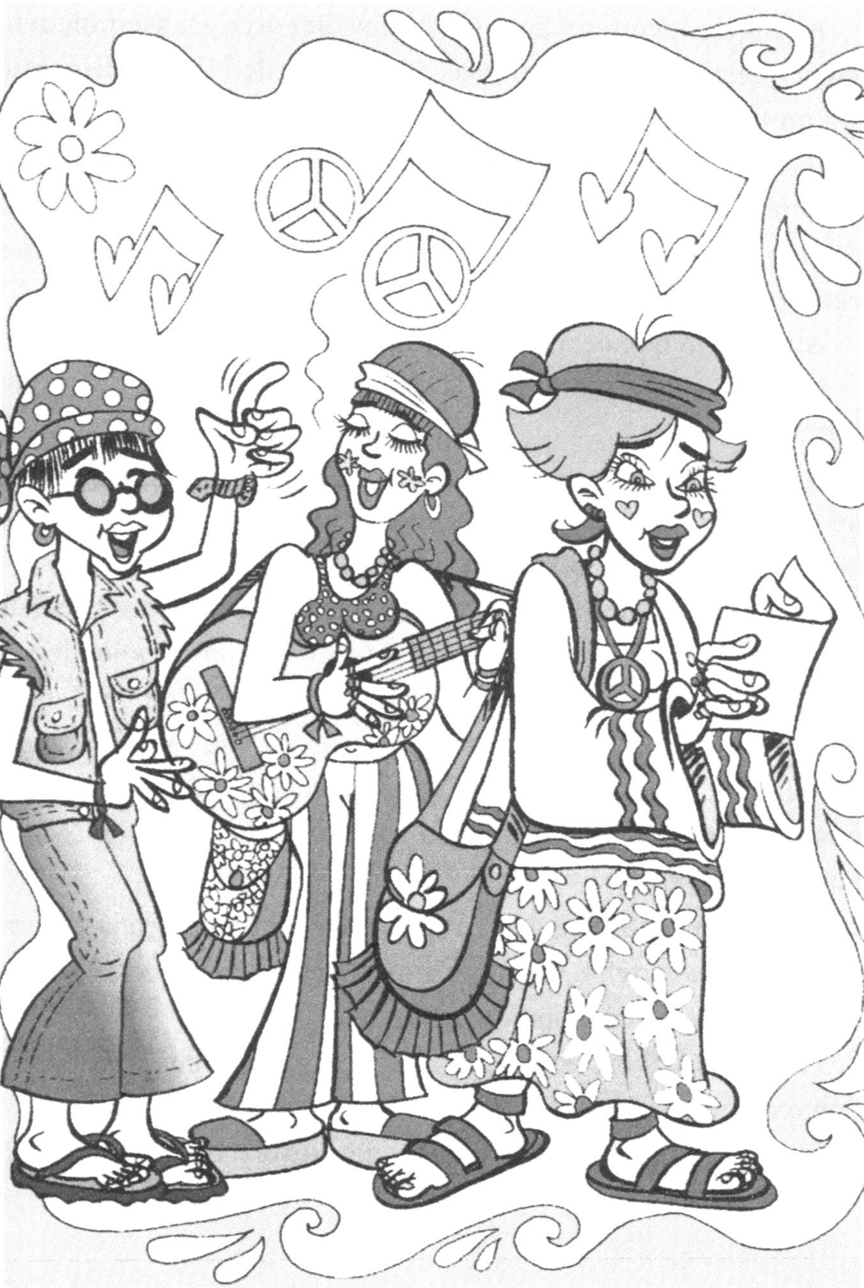

A Ângela levou um som do Jimmy Hendrix. Quase ninguém sabia quem era o roqueiro, mas o professor de história disse que era do tempo dele e contou uns lances do cara. Doidice pura!

O Tato apareceu na classe e acabou filando uns docinhos.

Acredita que ele ficou no maior papo com a Ângela? Fiquei danada da vida. Ela estava toda-toda, oferecendo uns chocolates em forma de coração. Ele comprou cinco, o desgraçado!

Ainda bem que depois do chocolate ele caiu fora!

Nossa, a classe caprichou. Tinha tanta coisa pra dar lucro pra formatura!

O pessoal do nono F levou bombons pra vender. Tinha musse de chocolate e de maracujá também, mas caímos matando em cima dos bombons. O dinheiro, já sabe pra onde vai, né?

Os alunos do nono E foram de pijama. A Ciça estava demais de pijama de ursinho. A Bárbara foi de pijama americano, desses que têm uma parte atrás com botão, como alguns de bebê, para facilitar o xixi à noite. Os meninos estavam muito engraçados. Muito. Sabe esses moletons de quinta categoria? É, esses que tomam a forma do joelho quando a gente se senta? Pois é. Eles estavam assim.

Depois de todo esse agito foi que dei uma disfarçada e corri para a minha carteira. Não queria que ninguém percebesse que eu estava tendo um correspondente secreto.

Pronto! O bilhete estava lá embaixo, grudado com um durex. Como é que eu iria ler em plena aula de português, eu não sei.

Olhei em volta. Ninguém estava preocupado com a Tânia. Abri.

*Fiquei triste ao saber que você está triste. Já passou? Tomara que sim. Às vezes eu também fico meio **"down"**, com motivo, sem motivo. Espero que você não tenha tipo motivo. Me deixaria mais feliz.*

Você gostaria de se corresponder comigo? Você não sabe quem eu sou, eu não sei quem você é. Faz diferença? Assim a gente pode falar um pouco dos nossos grilos, de coisas que possa ter em comum.

Que tal usarmos um pseudônimo? É, como em filmes, livros.

Posso começar dizendo que sou pouco criativo.

EU

Que barato! Ele havia recortado de alguma revista (provavelmente da irmã, porque, como diz meu irmão, futilidade é coisa de menina) uns pontos de interrogação, uma carta, uma seta indicando "pra baixo" e um grilo!

Nossa, que bilhete mais gostoso! Um cara sensível. Era tudo o que eu queria.

Quem seria o pouco criativo? Tudo bem, EU não é nem um pingo criativo, mas eu também não seria.

Enfiei o bilhete dentro da mochila. Em casa teria mais tempo de pensar no meu EU.

No recreio, tornei a encontrar o Tato. O que ele estava fazendo com o braço pendurado na Mônica eu não sabia.

Assim que ela me viu, tirou a mão dele de cima do seu ombro e veio falar comigo.

— Tá tudo em cima, Tâ?

— Claro, por quê?

— Sei lá, você estava viajando na aula de português!

— Estava?

Puxa, ela percebera. Ah, eu tomaria mais cuidado. Ninguém iria perceber o meu segredinho.

— Posso falar com você? — o Tato perguntou.

— Cobro em reais... — respondi.

Eu estava tomando uma Coca *diet*. Ele puxou a Coca da minha mão e deu um gole.

— Gostei da roupa.

— Eu também.

— Menina-narcisa...

— Tato, eu queria que você soubesse que eu...

— Primeiro eu. Tâ, eu gosto de você... Mas eu não quero ficar por aí, preso, logo cedo.

— E quem tá preso?

— Eu me sinto preso.

— Pois se sinta solto, livre. Muito. Porque eu, meu filho, tô noutra.

Larguei o cidadão tomando a minha Coca e saí dali da cantina. Pô, cara complicado! O que ele estava querendo? Me enlouquecer? Paquera e dá em cima de todas as minhas amigas, me deixa de lado e ainda vem me dar satisfação de que "não quer estar preso"? Tá turbinado demais.

Passei um tempão na aula de geometria fazendo uns desenhos no meu caderno. Preciso parar de escrever e desenhar bobagens, senão vou levar o maior pau nesse bimestre.

Olha só o que eu desenhei:

Uma vez li que quem desenha ondas está pronta pra cair de cabeça em alguma coisa nova que vai mudar totalmente a vida. O artigo dizia que "ondas querem dizer 'movimento', expectativa de uma oportunidade diferente ou... desejo de cair fora rapidinho de alguma relação mal resolvida".

É isso! Quero cair fora desse cara! Pronto! Me sinto melhor. Já caí!

O sinal tocou. Peguei carona com a tia Leila. Ela me levou pra casa. Vivi estava brava porque a tia Leila cortou o barato dela de ir ao treino amanhã cedo. Ela estava mal em biologia.

Fiquei louca de vontade de contar para a mamãe do meu amigo secreto, mas preferi dar mais um tempo. O porquê eu não sei.

6

Hora da janta.

Meu avô fez um risoto que só ele sabe fazer. Às vezes eu tenho a maior bronca de ele morar com a gente, mas hoje, por exemplo, eu o amo de montão e tenho a maior agonia se algo acontecer com ele. Vovô implica, enche, reclama do som do nosso quarto, tosse a noite toda e ronca feito um carro de Fórmula 1 que vai sair para a primeira volta. Quando usa meu banheiro faz xixi fora do vaso e deixa espuma de barba por toda a pia.

Mas agora há pouco, vendo vovô fazer o risoto de frango com linguicinha, ele tava tão feliz que fico pensando se não seria o caso de dar umas atividades pra ele: por exemplo, pode me ajudar em matemática. É isso! Meu avô é ótimo em matemática. Ele é ou não é um contador aposentado?

Pronto. Já me deu umas coordenadas. O problema é que é um pouco bravo. Tá certo que eu tava viajando na hora da explicação, mas é que ele tem esse jeitão mesmo.

Rolei na cama até tarde. Acendi um cigarro (peguei da Laura) e tive um acesso de tosse. Como é que existe gente que vive com essa porcaria na boca, eu não sei. Tudo bem, eu confesso. Gosto de me olhar no espelho, cigarro na boca, soltando fumaça, olhares incríveis.

Resolvi escrever uma poesia para o meu amigo da carteira. Quem sabe até ficasse legal para o concurso da revista.

Quer ver como ficou? Tá aqui, ó... Não repare... Fiz umas oito tentativas... Foi só aí que saiu.

Viver um Grande Amor

Não acho que esteja enganada...
Pode ser, não se sabe...
Mas acho que o amor que eu tinha, que nem doce era.
Pode ser, não se sabe,
acabou-se o que não era tão doce.
Pode até ser — e acho que não estou enganada —
que eu vá me apaixonar
por alguém que eu não conheço...
Pode ser? É possível?
Ficar gamada por uma letra, frases bobas ou bonitas?
Sem saber se o cara é transado, bacana ou careta?
Se tem músculos debaixo da camiseta?
Pode ser que, para viver um grande amor, tenha de ter passado
por raiva, dor...
Você sabe? Você viu ou sentiu?
Estou ficando apaixonada — eu sinto —,
sem ter passado por nada disso,
esquisito...
Será que para viver um grande amor é preciso ter tido dor?
Pode ser, não se sabe...
Só sei que estou ficando apaixonada - apaixonou-se,
apaixonei-me, por você, meu EU, meu amor...

Acredita que enquanto eu escrevia a minha poesia eu pensava no EU? Tânia, minha filha, lá vai você de novo.
— Tânia, filha...
Minha mãe. Será que conto, será que não conto?
— Fale, mãe!
— Abra a porta, docinho...
Tá certo. Eu conto.
— Mãe...

— Largou a calcinha no boxe do banheiro pra quem lavar? Você sabe que seu avô não gosta de calcinhas penduradas... E faça o favor de lavar aquele tênis imundo que largou lá embaixo do tanque...

IA CONTAR! AGORA SÓ PORQUE PEGOU NO MEU PÉ COM BOBAGEM EU NÃO CONTO MAIS!

Fiquei pendurada ao telefone com a Laura. Ontem ela ficou com o Cacá, amigo do meu irmão. Ela mais fica que conversa. Nunca vi uma menina que só fica. Foi o que eu disse pra Laura. Ela não gostou. Disse que eu sou uma fresca, por isso ninguém fica comigo. Que saco! Será que vou ficar solteirona, toda excluída?

Ih, tô ficando com a mania desses questionários bobos de revista. Excluída com quatorze anos? Só faltava!

IA CONTAR PRA LAURA TAMBÉM, MAS, JÁ QUE EU SOU FRESCA, NÃO CONTO!

Fui para o treino logo cedo. Papai nos levou.

Notei que o Toni estava mais quieto do que de costume.

Quem sabe hoje eu daria uma subidinha até a classe dele e veria quem estava sentado no meu lugar.

Treinamos até as nove e quarenta e cinco.

O sinal acabara de bater. Isso me dava tempo de subir e olhar a classe do meu irmão.

Espiei pelo visor. Não acreditei. Quem sentava na minha carteira era o Cacá!

Água fria na boneca.

Já pensou? Ele é o namorado atual (se é que ela não brigou com ele) da Laura. Se ele for o EU, vou parar com essa coisa de bilhete... Amiga é amiga; namorados, rolos e ficadas é lei... Tenho de respeitar.

7

Desci desanimada. O resto do dia foi uma droga.

Resolvi não deixar bilhete algum para aquele chato. Se tem cara mais chato no mundo é o Cacá. E, o que é pior, tem fama de fumar baseado. Deus me livre. Detesto drogas. Bem o Cacá. Não podia ser um outro? E se ele estivesse sentado ali só temporariamente? Bem que podia. Descobriria isso na semana que vem, quando houvesse outro treino.

Fim de semana completamente recolhida, ouvindo as reclamações do vovô, vendo mamãe com seus projetos intermináveis, papai com seus processos, meu irmão entrando e saindo com seus amigos.

— Cacá, vai entrando.

Gelei. Era ele!

— Oi! Tudo bem?

— Tudo.

— Vi você outro dia de *hippie*. Estava o maior barato. A gente também teve trote. Só que eu fui de anos sessenta. Toni, posso dar uma ligada pra Laura? Combinei de passar na casa dela depois...

— Na boa!

Não. Não era ele. Pelo menos achei que não.

Fiquei de orelha em pé no papo dos dois. Enquanto ele falava com ela, escrevia algumas coisas num papel.

— Será que eu acerto o caminho? Tudo bem se o Toni for comigo? Ah, ela também vai estar aí? Joia!

Torci para que os dois sumissem logo do mapa. Torci também para que ele deixasse o papel escrito ao lado do telefone. Mas não, só deixou um outro papelzinho, todo cheio de desenhos.

Nada a fazer. Fui para o quarto dar uma lida num livro chato.

Onde tinha ido parar o meu monobloco?

O Toni era fogo mesmo. Só podia estar com ele.

Entrei no quarto. Abri todas as gavetas, revirei o que pude e não achei.

Hum! Melhor que o monobloco. Um caderno do Cacá. Abri. Senti um arrepio na nuca.

Alívio. A letra era completamente diferente. Fora da jogada. Tentaria novamente.

Resolvi escrever um bilhete para o meu amigo.

> Oi. Tudo bem com você? Espero que sim!
>
> Acho que vou falar um pouco de mim. Eu sei que sabe que estou no nono D e sabe que eu sei que está no terceiro ano. É a única coisa que um sabe do outro, né?
>
> Não estou mais triste, não. Estou é curiosa pra saber quem você é... Mas acho que ainda é cedo. Prefiro e adoro surpresas.
>
> Não vou ficar falando da minha idade, altura, peso, cor de olhos, cabelos, se sou branca ou verde. Não acho que isso seja importante.
>
> Prefiro falar que sou romântica, gosto de filmes em que me descabelo, rio, saio leve. Você pode achar que sou tonta, mas gosto de serenatas, flores na janela, bombons no dia dos namorados.
>
> Gosto de praticar esportes, e você?
>
> Flor

Colei algumas coisas na folha. Colei, por exemplo, uma balança com uma gordinha em cima. E daí se eu fosse gorda? O lance não era curtir o segredo? Colei também bombons, um coração e um casal de namorados no cinema.

Dobrei o meu bilhete e guardei dentro da agenda. Na segunda-feira, depois da aula, colocaria debaixo da carteira.

Engraçado, acho que o meu irmão está namorando alguém que eu conheço. Só que ele não quer falar quem é. Provavelmente uma das minhas amigas. Acabo descobrindo.

DESCOBRI! É A MIRELA!

Sabe quanto é que o pessoal da comissão de formatura está cobrando da gente? Uma verdadeira fortuna. Minha mãe miou, meu pai idem. Meu avô reclamou que formatura é coisa de quem vai terminar a faculdade e não coisa de nono ano. Disse que nem por decreto ele deixaria (se eu fosse sua filha, claro!) eu ir para o lugar aonde a gente quer ir. Bem, a gente escolheu uma porção: Rio das Ostras, Ilha do Mel, Barra do Una, Porto Seguro.

Tenho treino. Vamos jogar contra o time do Externato. Espero que a professora de educação física não me deixe no banco. Não sei se conto para o EU que jogo pelo time da escola. Se eu contar, ele descobre direitinho quem sou.

Deixei o meu bilhete na carteira. Não vejo a hora de chegar amanhã pra pegar a resposta.

Quero saber qual é a dele!

Melou. O Tato foi me pegar na saída da escola.

— Qual é a sua, Tânia? Tá pensando o quê? — o Tato segurou o meu braço.

Puxa, ele só vinha me esperar na saída quando a coisa era séria.

Levei o maior susto.

— Você não recebeu o meu recado?

Que recado? E ele lá tinha ligado?

— Falei com o Toni. Pedi pra ele te avisar que eu ia pro baile na casa do Alberto. Ele não te avisou?

— Não.

Qual era a do meu irmão?

Dei uma enrolada no Tato. Enquanto ele esperava o ônibus comigo, dei um beijinho nele. Ele era tão gato!

Em casa conversaria com o Toni. Estava boicotando os meus telefonemas e o meu namorado.

Fui direto e reto ao quarto de meu irmão.

— O Tato me ligou e você não me contou. Tem alguma coisa de errado com ele que você não quer me contar?

— Tá preparada?

Estava. Se havia uma coisa no meu irmão que eu apreciava era a sinceridade nos assuntos sérios. E o Tato era um assunto mais ou menos sério. Pelo menos eu achava que era.

— Ele está saindo com outra.

— É, ele faz isso às vezes.

— Mas não é só saindo. Tá, eu soube que ele está de rolo com uma menina da escola.

— Que tipo de rolo?

— Aquele rolo de transa mesmo.

— Sério? — sentei na cama dele.

— Ele por acaso já tentou te enrolar?

— Não, Toni. Puxa, você não me conhece? Olha a minha idade, olha o papo que a gente sempre teve com os pais da gente... É alguém que eu conheça?

— Eu não sei. Posso procurar saber, se você quiser.

— Eu não sei se eu quero, Toni.

Não, eu não quis saber. Resolvi que ia continuar o meu papo com o EU.

Os dias foram ficando demais. Os bilhetes eram sinceros, gostosos, francos.

O que eu consegui descobrir: ele é alto, tem o cabelo preto e crespo, olhos verdes, toca teclado e curte ópera. Não é engraçado um cara de dezesseis anos curtir ópera? Gosta de bala de hortelã, já teve várias namoradas, mas nunca se apaixonou de verdade. Ele fala inglês e tem dois alunos particulares. Tem uma luneta e gosta de ficar observando as estrelas, estudando os astros, namorando a lua. Ele quer definitivamente saber quem eu sou. Disse que fica à noite, debaixo dos lençóis, pensando em mim... Em como sou, que jeito eu tenho de andar.

Resolvi contar pra mamãe. Mostrei alguns bilhetes — não todos. Ela achou legal. Perguntou se eu estava caidaça e eu disse que a ponto de.

— Filha, vá com calma... Você só conhece a letra do cidadão...

— Você está até parecendo comigo, falando assim, desse jeito... — eu ri da minha mãe.

Ela acabou se animando com o papo e deitou na bicama. Arrancou os tênis e esticou os dedos do pé.

— Tânia, eu não quero que você sofra, sabe? — ela começou um papo estranho.

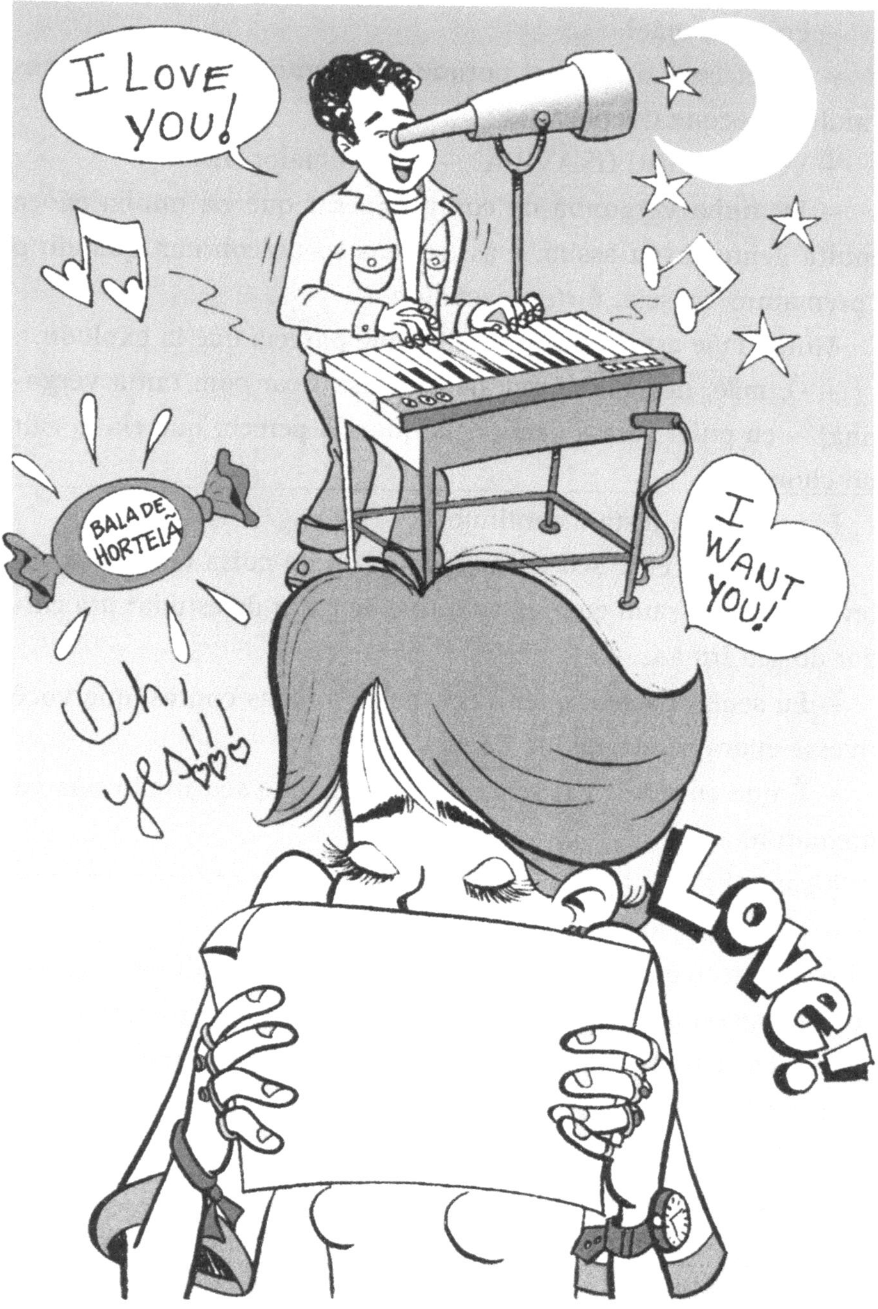
I LOVE YOU!
BALA DE HORTELÃ
I WANT YOU!
Oh, yes!!!
Love!

— Por quê, mãe?

— Casei com o seu pai porque realmente gostava dele, mas também porque tivemos de.

— VOCÊ CASOU GRÁVIDA? — levei o maior susto.

— Eu tinha vergonha de contar, apesar que na minha época muita gente casou assim, e as pessoas só descobriam quando o "prematuro" nascia, forte e sacudido.

Minha mãe estava tão vermelha que parecia que ia explodir.

— Ô, mãe, normal... Você não precisa ficar com tanta vergonha! — eu pulei para a cama dela quando percebi que ela ia cair no choro.

Ela franziu a testa e continuou.

— Acho que eu e seu pai perdemos muita coisa boa. Veja: ele teve de arrumar um emprego, eu tive de parar de estudar pra cuidar do seu irmão...

— Eu sempre achei, quer dizer, pelas minhas contas, que você tivesse engravidado na lua de mel...

— É que eu e seu pai sempre dissemos que seu irmão nasceu prematuro...

Risos.

— Mas você voltou a estudar, mãe...

— Acontece que fico pensando, filha, se a gente tivesse esperado, eu poderia ter feito um outro curso, seu pai poderia ter topado um convite para um estágio no Nordeste... Ele queria tanto! Talvez as coisas tivessem sido diferentes... Mais fáceis, eu quero dizer.

— Mãe, você está me dizendo que não gosta de ser arquiteta? — estranhei a confissão. Uma profissional errada, a dona Lurdinha?

— Não é isso... Sei lá! Eu podia ter um escritório só meu e não ficar dependendo de emprego em prefeitura nenhuma...

— Ih, mãe, acho que não é por aí!

— Tem razão. Ponto pra você. Tô procurando desculpa para o emprego que arrumei. Eu é que não quis voar alto... Sozinha.

— Agora, "Inês é morta", não é como você diz? — eu ri.

— Por esse motivo é que eu quero que você nunca se precipite nessas suas paixões...

— Mãe, existe isso de se apaixonar por cartas?

Ela riu.

— E o Tato? Miou, como você diz?

— Não, eu ainda gosto dele... O problema é que ele não para quieto... Fica com uma, me enrola, fica com outra... Mãe, você não me entendeu... Dê uma olhada nesses outros bilhetes... — abri a gaveta da minha escrivaninha.

Ela leu mais alguns.

— Uma coisa meio besta, sabe... Mas que está me fazendo esquecer aquele bobo, aquele indeciso do Tato. Tô achando legal essa coisa de trocar cartas.

— Hum, deve estar atrapalhando um pouco o seu estudo... — começou a bronca da dona Lurdinha.

— Não, mãe... Eu estou escrevendo em casa, fica fria.

— Sabe que esse negócio de se corresponder por carta... — ela não acabou a frase e ficou olhando pela janela do meu quarto.

— O que tem?

— Nada, não.

Notei que ela ficou meio sem jeito. Achei que fosse me dizer alguma coisa, mas mudou de assunto.

8

Passei o fim de semana na casa da Laura. Nossa, lá ninguém tem hora pra nada! Quando querem — e se querem —, almoçam. Quando querem — e se querem —, jantam. Ninguém pega no pé de ninguém. O irmão dela levou uns três amigos pra dormir. Vi gente dormindo até na copa, acredita?

A mãe dela estava viajando. Se eu soubesse, não teria ido. Meus pais ficam preocupados quando eu durmo na casa de alguém sem que os pais estejam. Paciência. Só fiquei sabendo de noitão, daí...

Ficamos papeando até as três e meia da manhã. Vimos um filme no vídeo, *Perfume de mulher*. Nossa, eu fiquei amando aquele tango que eles dançam. Me lembrei de como vovô e vovó, os pais de mamãe, dançam tango na casa deles, nas festas. É o máximo. Agora, o pai de papai... Coitado do meu avô. Eu reclamo dele, mas fico pensando que tem de morar de favor em casa, aguentar a nossa falta de paciência, o som alto.

Foi às duas e quinze que a bomba estourou. A Laura me contou que a menina que está de rolo com o Tato está achando que está grávida. Grá-vi-da, entende?

— Essa Mônica é uma louca! — eu estava danada da vida.

— Quem falou em Mônica? — a Laura me sacudiu. — É a Ângela!

— Ângela? Mas ela é toda certinha! Você está querendo me gozar, não tá?

Pior que não. Eles tinham se encontrado na praia, no feriado de junho. Se estávamos quase em setembro, ela estava então de dois meses!

Sentei. Minto. Fui pro quarto da Laura, deitei e chorei até as três e meia da manhã. Eu estava tão decepcionada! Bem que a minha mãe avisara: cuidado com essas paixões. Por que é que ele fizera isso comigo? Bem, na verdade tinha feito com a menina, com o consentimento dela, claro. Ninguém transa com ninguém quando um dos dois não quer.

— A vida deles, se isso for mesmo verdade, está bem prejudicada. Pô, o cara só tem dezessete anos, repetiu de ano um montão de vezes...

— E essa menina vive se fazendo de santa, Laura... Ai, porque eu não fico, porque eu não beijo, porque eu não saio, porque eu...

— Porque eu transo, ora!

— Laura, eu estou muito louca da vida, sabe?

— Eu imagino... — a minha amiga falou.

O som dos amigos do irmão dela estava me deixando com dor de cabeça.

Som de buzina. Era o pai da Laura chegando.

— Bebeu de novo... — ela enfiou a cabeça no travesseiro.

Pronto. De consolada passei a consoladora.

A Laura disse que o pai bebe "feito um gambá" e que, na verdade, a mãe saiu de casa pra tomar "outros ares".

— Pensa que eu gosto dessa liberdade toda, Tâ? Eu queria chegar em casa alguma vez na vida e encontrar um jantar pronto, uma camiseta minha passada... Mas tudo aqui é esse relaxo, aqui ninguém liga pra nada. Eu sei que pode parecer bacana eu poder fazer tudo o que me dá na cabeça, mas eu queria ter...

— Limite? — eu falei com o maior cuidado, achando que fosse dar um fora.

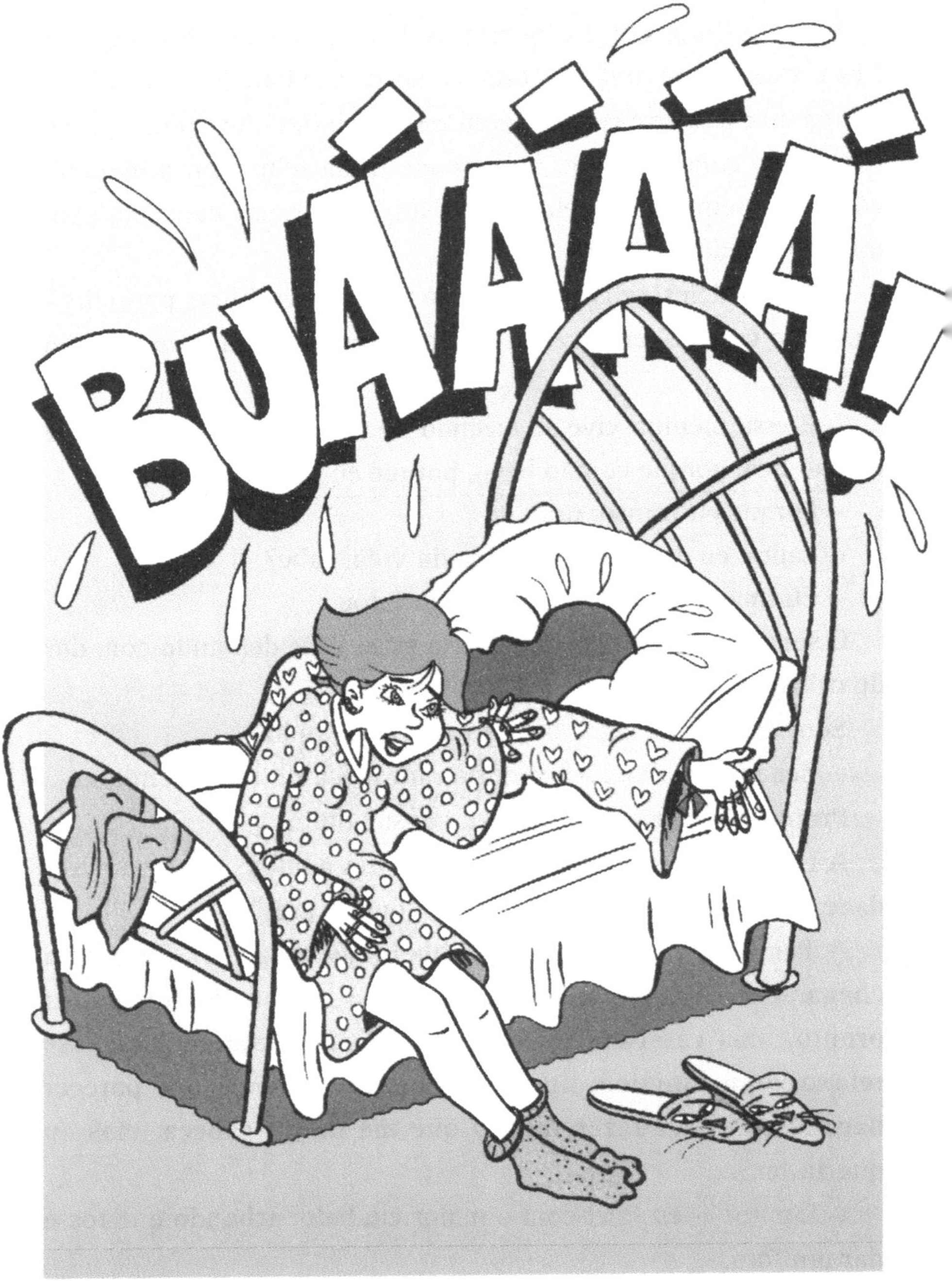
BUÁÁÁÁ!

— É isso! — ela abraçou o travesseiro. — Eu queria um colo de mãe pra contar meus segredos, uma atenção do meu pai, um bate-papo normal. Pô, eu queria uma família, você entende?

Eu entendia. E eu achando que a vida dela era o máximo que um mortal sonhasse...

A Laura chorou e eu acabei esquecendo um pouco os meus problemas.

Ficamos as duas com dor de cabeça.

Enquanto ela lavava o rosto no banheiro, fui pra cozinha. Abri a geladeira e enchi dois copos com leite. É assim que o meu pai faz comigo até hoje: leite quente e beijo na testa quando as coisas estão... Sei lá... Estão nem lá nem cá.

Peguei duas aspirinas no banheiro e levei o leite para o quarto.

— Nossa, que proteção! — ela tentou sorrir.

Pulei da categoria última das criaturas para a categoria penúltima. A situação dela era pior que a minha. Minto. Era a antepenúltima. Antes de mim, vinha a Ângela, ligeiramente grávida do meu ex-namorado. Pronto, eu ganhava nova colocação: a de anteantepenúltima, se é que isso existe. Tinha o Tato, que devia estar todo acordado, preocupado com a situação.

Foi aí que achei que a minha vida não era assim tão ruim, não. Dormi.

Acabei convidando a Laura pra ir almoçar em casa. Era domingo e eu achei que seria melhor se mudássemos de ares.

Gente, que almoço mais tumultuado. Vovô não quis comer o bolo de batata. Reclamou que parecia comida de velho. Não é pra rir?

Meu pai até estranhou quando eu me ofereci pra lavar os pratos. Estava achando a minha família tão... tão família, que resolvi me mexer um pouco.

Assim que acabamos de arrumar a louça, a Vivi apareceu. Fomos para o quarto. Ela não sabia ainda, e depois que contamos da Ângela, ela quase teve um ataque.

Estava o maior barulho no quarto quando a minha mãe entrou. Contei pra ela.

— Que pena, filha!

— Mãe, eu estou atacada com ele! Mamily, ele realmente partiu meu coração!

Foi só aí que eu chorei. Chorei de raiva, chorei de ódio.

— Eu não estou com mais peninha de você do que da menina, filha. Estou com pena dos dois... já pensou? Vão começar a vida bem mal, se é que ela não vai fazer uma bobagem por aí...

Cada uma das minhas amigas achava uma coisa. A Laura dizia que, se fosse com ela, abortaria. A Vivi, minha prima, disse que não se casaria por causa de um filho, não.

Minha mãe ouvia tudo atentamente, até que começou a falar sobre as dificuldades de se criar filho hoje em dia.

— Mesmo quando se planeja, a gente tem de estar com a ideia bem amadurecida, tem de estar financeiramente estável. Sabem quanto custa um parto? Um acompanhamento pré-natal?

Mudas. Ficamos mudas.

A tarde demorou pra acabar. Fui dormir cedo. Estava murcha, feito flor de velório.

9

Nada me fez levantar o ânimo nessa semana. Meu pai andou levando leite pra mim na cama. Mamãe devia ter comentado alguma coisa com ele, claro.

Olhares pra cá, olhares pra lá. Nem meu irmão estava no meu pé.

Por incrível que pareça, nem bilhetes o EU tinha deixado. Também, com esse ânimo pra baixo de trinta negativos que eu estava...

Foi só na sexta-feira que apareceu um bilhete dele.

> Tive problemas em casa, por isso não te escrevi. Tudo bem se eu ficar uns dias sem aparecer?

Embaixo uma colagem de um cara coçando a cabeça.

Todo mundo queria um tempo. O que é que estava acontecendo?

Enfiei o bilhete dentro da mochila e fui pra cantina.

A Vivi estava conversando com a Ângela e o Tato. Senti vontade de me enfiar num buraco sem fundo.

Disfarcei e entrei no banheiro. O que será que eles estavam conversando?

Demoraram um tempão. O sinal bateu e tive de subir para a minha aula de informática. Meus dedos tremiam tanto que não consegui digitar nada. Nossa, eu precisava me concentrar mais... A não ser que eu quisesse bombar.

A Vivi chegou atrasada e não pôde entrar.

Na aula seguinte, voei pra cima dela.

— Alarme falso, acredita?

— Jura?

— Juro. Os dois estão murchos que só vendo. Pensei que fossem estar contentes... Acho que é o susto, sabe?

Fiquei muda. Que alívio.

Num minuto estávamos contando pra Laura, que ficou de queixo caído.

— Menina de sorte.

— Se é.

O assunto foi esse o resto da tarde.

Vi os dois na saída. Ele estava carregando os livros dela. Ela estava quieta, cabeça baixa, murcha como eu... Ontem!

Senti um alívio. Puxa! Escaparam por pouco!

A Vivi me contou que eles já estavam de rolo desde o fim do ano passado. Como é que eu não tinha notado? Nossa, eu era mesmo uma cega! Completamente cega. Toda vez que eu falava pra ela do Tato, ela desconversava. Gente, eu vivi no escuro! Agora me lembro de que ela estava com ele na casa da Gi, no aniversário dela. Teve o lance na classe, na hora de comprar os corações de chocolate que ela estava vendendo... Eu bem que havia notado um clima!

Me senti tão traída que aí, sim, tive vontade de chorar.

As meninas devem ter percebido porque até que tentaram me enrolar com um sorvete totalmente *free*.

Eu queria ir pra casa, tomar um banho, abraçar minha mãe, contar tudo pra ela e pronto. Chorar até encher o aquário do Euzébio.

Foi o que fiz.

Minha mãe chegou do trabalho e me abraçou até não poder mais. Garantiu que eu ia esquecer rapidinho deles dois.

Sei não.

Fiquei ouvindo Metallica e Sepultura no fone de ouvido.

Pode até ser que eu fique surda, como diz meu avô. O som estava no último... Quem sabe assim eu me sinta melhor... Surda. Surdinha da silva.

Sábado.

Fui ao *shopping* com a Laura e a Vivi.

Tinha até um carinha me olhando.

Será que ele é o EU?

Minha mãe me deu uma graninha. Disse que se eu comprasse um moletom novo e amarrasse lá embaixo, como estou acostumada a fazer, jogaria fora.

Ah, ela tá falando assim pra mexer comigo.

Comprei foi um *keds* xadrezinho – uma graça –, a última moda.

Com o troco comprei um cartão muito fofo pra mandar pro EU. As meninas ficaram babando.

Olha ele aqui:

> Espero que você esteja o.k.
> Melhore...
> Pra mim, pro mundo...
>
> Te gosto.
>
> Flor

10

Na segunda-feira eu coloquei o bilhete.

Na terça, o vovô deu um trabalho danado. Teve crise de asma, crise de labirintite, crise de rim, de coluna, de pé chato...

Meu pai ficou desesperado. Até voltou mais cedo pra casa.

Meu irmão ficou no quarto do vovô contando um monte de piada boba.

Quando minha mãe chegou, o vovô estava tendo uma outra crise de asma... Só que de tanto rir.

Bom, antes assim.

Oba! Carta dele!

Fui para o banheiro do colégio e li.

FLOR querida,

Desculpe a mancada, mas é que minha avó morreu. Ela morava com a gente e eu adorava ela. Velhinha do cabelo branco, risonha, não vivia pendura no tricô, não. Dava aula de bordado pra mulheres de uma creche aqui do bairro, cantava no coral da terceira idade (pra mim era sexta!!!), participava do grupo de teatro do Sesi. Tem mais: tinha aula de dança no clube, acredita? É, tipo um baile da saudade.

O enterro foi alegre... Era assim que ela queria. Pediu que um dos meus tios tocasse bombardino (você sabe que tipo de instrumento é esse?) e que cantássemos o seu hino preferido, "Brilhando por Jesus" (ela era evangélica).

Minha avó era uma pessoa maravilhosa e eu fiquei realmente muito triste.

É a primeira vez que morre alguém tão próximo de mim (não me lembro bem de meu avô).

Você já perdeu alguém?

EU

P.S.: Desculpe o papo triste de hoje. Adorei seu cartão!

Puxa, que chato a avó dele ter morrido.

Senti um medo enorme de perder meu avô.

Assim que eu chegasse em casa ia ficar um pouco com ele.

As meninas entraram no banheiro e eu tive de esconder a carta.

Não sei por que escondo isso delas, mas é que, ah, o gostoso disso é todo esse segredo entre mim e ele... Pra que perder o encantamento, né?

Não havia ninguém em casa.

Nossa, onde é que estava o meu irmão? Maior silêncio!

Entrei no quarto do vovô. Ninguém.

Será que aconteceu alguma coisa com ele? Eu morreria de arrependimento. Sempre reclamo de vovô por nada, acho que não tenho a menor paciência...

Puxa, eu nunca tinha visto as coisas dele. Meu avô tem um diário com uma porção de cartas coladas!

Tive vontade de abrir as cartinhas, mas segurei as pontas.

Com certeza ele não tem muitas coisas pra contar a não ser "fui ao INSS", "sentei no banco da praça", "joguei biriba com o Olívio"...

Passos. Quase sou pega no flagra.

Vovô! Que bom que ele estava vivo.

Acho que ele pensa que eu endoideci. Enchi... Minto. Entupi ele de beijos e abraços e perguntei, na boa:

— Vô, você não tem vontade de frequentar um bailão da saudade?

— Quê? — ele estranhou a pergunta.

— É, esses bailes da terceira idade...

Meu pai chegou e entrou na conversa. Pensei que ia levar um "chega pra lá". Que nada. Deu o maior incentivo.

— Puxa, Taninha, estou gostando de ver... Com quem você anda conversando? Parece que perdeu toda aquela sua alienação... Gostei da ideia... Baile da terceira idade!

Eles que esperassem até que eu descobrisse onde é que ficava o tal do Teatro do Sesi.

Entrei no meu quarto e comecei a escrever uma carta para o EU.

Querido EU,

Puxa, eu sinto muito pela sua avó. Quer dizer, sinto mais por você mesmo, já que ela não pode sentir mais nada.

Acho que você deve ter sido um neto bem legal! Sabe até que eu fiquei meio com remorso de não ficar paparicando o meu avô? É, ele mora aqui com a gente desde que a minha avó morreu.

Sei que o que vou falar pra você é uma coisa meio batida, mas vai assim mesmo. Seguinte: tente lembrar das coisas boas que fizeram juntos. E ela deve ter feito uma porção de coisas legais, né? Fiquei até curiosa em saber mais coisas a respeito dela. Qualquer dia promete que me conta?

Fiquei pensando nas coisas que a sua avó fazia e dei um toque no meu avô... Sabe aquela coisa do bailão da saudade e do grupo da terceira idade no Sesi? Achei superlegal! Ele também.

Você liga de me falar onde é que fica? Obrigada, viu?

Sabe, eu também tive uns problemas... Mas agora, pensando bem, não tão grandes quanto o seu. De qualquer jeito, eu me chateei muito... Pra falar a verdade, fiquei arrasada. Totalmente. Me senti usada, passada pra trás... Sabe aquele lance da "facada nas costas"? Foi assim que me senti. Esfaqueada.

Sei que vai passar, mas sabe como são essas coisas do coração... Demoram, demoram...

Ah, como vão seus alunos particulares?

Uma Flor meio despedaçada...

E colei umas pétalas de rosa no pé da página.

Acredita que fui mostrar pro meu avô? Disse a ele que era um segredo "meio" nosso, já que a minha mãe fazia parte da primeira metade.

Vovô me contou uma história engraçada. Disse que conheceu uma moça — na sua juventude, claro! — através de correspondência. Chegaram a trocar "juras de amor".

Quis saber por que não dera certo e ele me disse que, na época, a moça pegou uma pneumonia tão forte que a família resolveu levá-la pra morar em outra cidade, por causa do ar.

Desiludido, acabara começando um flerte — uma espécie de ficar da época, só que mais quadradinho, sem pegar na mão e sem beijo, claro! — com a vovó, se apaixonou e se casou com ela. Pronto. Um fim no romance correspondido, mas não tanto.

Perguntei a ele se ela, a outra, era bonita. Ele disse que não muito, mas que isso não tinha tido importância na época.

— Quer dizer que você foi se encontrar com ela assim, no "escuro"? — perguntei.

— Tânia, seu avô passou o maior sufoco. Tinha escrito que ia com um terno de linho branco e, quando vi, sua bisavó tinha colocado o terno pra lavar. Era o único terno de linho branco que eu tinha. Acabei vestindo um terno risca de giz supimpa que só vendo. E foi assim que eu fui para a Estação da Luz.

— Credo, vô, na Estação da Luz! Que perigo! — fiquei chocada.

— Naquela época não tinha tanto assalto! Imagine!

— E daí? Ela não tinha combinado que vocês iam de branco? — perguntei.

— Pois nem eu nem ela!

— Por quê?

— Porque a irmã dela derramara café no seu único vestido branco! — ele riu.

— E como é que vocês reconheceram um ao outro?

— Ela disse que usaria um chapéu de palha com uma fita azul, e eu disse que colocaria um cravo vermelho na lapela do paletó.

— E?...

— Foi uma paixão à primeira vista... Só que a doença atrapalhou o nosso amor. Depois que ela se mudou com a família, nossas cartas foram diminuindo até que ela mudou de novo e nós perdemos contato.

— E com a vovó, não foi paixão? — estranhei.

— Não, com ela foi amor.

— E é diferente?

— É claro que é.

— Qual a diferença?

— Filha — o meu avô me olhou com carinho —, você ainda vai saber. Eu poderia ficar falando horas a fio sobre um, sobre outro... Mas você vai se apaixonar, vai amar e então saberá o que é um e o que é outro.

Puxa, meu avô se apaixonara, amara, tudo separado! Não era um barato isso?

Adorei esse que acho ter sido o primeiro grande papo — de muitos que viriam ainda — com o meu avô.

11

Minha FLOR,

Já te falo o clube onde vovó "botava pra quebrar", como ela costumava dizer. É o Clube Velo, na Aclimação. Não fica longe do nosso bairro, não.

O Sesão fica na Pires da Mota, acho. Convém você checar. Existem vários, e muitos deles oferecem atividades para a terceira idade.

Achei bacana da tua parte dar umas dicas para o teu avô. Nessa idade eles querem se distrair também, participar, já que estão vivíssimos, a mil.

Quanto à minha avó, já estamos melhor. Papai abriu o guarda-roupa dela, andou dando umas roupas para pessoas que precisam, chorou ao ler uns livros que ela deixou. Coisas de filho, você sabe!...

Falando do seu coração (e do meu), deixa a tristeza rolar e só. Daqui a pouco essa coisa chata de ficar morgando um troço chato passa. Sabe que eu levei um chute uns tempos atrás que me botou fora de órbita? Foi horrível. A gente se sente um monte de coisa velha, jogada fora. A M. (sem nomes, tá? Pode ser que você conheça a figura...) aprontou comigo legal. Agora estou bem, quer dizer, estou ótimo, principalmente depois desses nossos papos. Nada como ter uma amiga legal... Uma namorada, eu diria. Uma FLOR. Como você.

> Você me perguntou dos meus alunos particulares.
> Estão ruim de notas, mas vão melhorar, ou eu não me chamo... tchan, tchan, tchan, tchan... EU.
> Gosto de você.
>
> EU

Nossa, amei!

Como ele é um cara diferente. Ninguém que eu conheça dá aula particular e ganha uma grana. Sabe que eu acho que ele está certo? Deve ser mais independente dos pais, não tem de ficar pedindo "ei, você aí, me dá um dinheiro aí".

Passei a prestar mais atenção nas aulas. Preciso me recuperar.

Sabe que o vovô foi ao bailão? Quando voltou, já passava da meia-noite. Vi que ele entrava pé ante pé. Acontece que a porta fez "nhec" e a gente caiu matando em cima. Ele ficou todo vermelho. Todo!

Parece que ele "viu o tal do passarinho verde". Hoje perdeu hora no café da manhã... Mais de nove e ele estava fazendo a barba ainda.

Gozado que na hora do almoço o vovô disse pra mamãe que ia sair pra olhar uns ternos por aí.

Hum, a última vez que usou um terno foi no casamento da Soninha... E isso quando eu tinha uns oito anos!

Muito, muito esquisito. Muito.

Nossa! Esse último bilhete me deixou arrepiada. Pra falar verdade, um romance!

FLOR,

Sonhei com você. Não dava pra ver direito, mas não tinha importância. Você veio correndo pra mim, me abraçou e me deu um beijo. Foi o meu primeiro beijo verdadeiro. Um beijo com gosto de amor de verdade. Não quero mais sonhar com você. Quero ver você, pegar na sua mão e te retribuir esse beijo do sonho. Quer parar de ser a minha princesa de papel pra ser a minha princesa real?

Acho que eu amo você.

EU

P.S.: Recortei essa letra de música do Vinícius de Moraes pra você (meus pais me matam!... Arranquei da contracapa do disco deles.).

MINHA NAMORADA

Se você quer ser minha namorada
Ah, que linda namorada você poderia ser
Se quiser ser somente minha
Exatamente essa coisinha
Essa coisa toda minha
Que ninguém mais pode ser

Você tem que me fazer um juramento
De só ter um pensamento
Ser só minha até morrer
E também de não perder esse jeitinho
De falar devagarinho
Essas histórias de você
E de repente me fazer muito carinho
E chorar bem de mansinho
Sem ninguém saber por quê

Porém, se mais do que minha namorada
Você quer ser minha amada
Minha amada, mas amada pra valer
Aquela amada pelo amor predestinada
Sem a qual a vida é nada
Sem a qual se quer morrer

Você tem que vir comigo em meu caminho
E talvez o meu caminho seja triste pra você
Os seus olhos têm que ser só dos meus olhos
Os seus braços o meu ninho
No silêncio de depois
E você tem que ser a estrela derradeira
Minha amiga e companheira
No infinito de nós dois

12

Puxa! Acho que eu estou ficando ligada nesse cara. Resolvi falar mais de mim.

> Eu,
>
> A-mei essa poesia. Tomara só que os seus pais não fiquem muito bravos, viu?
>
> Eu bem que queria sonhar com você... dormindo, né, porque acordada eu sonho todo dia, principalmente na aula de história, em que você aparece na minha frente contando coisas de você, do tipo "esta é a história da minha vida mesmo".
>
> Também quero te ver, sair do papel para o real... para cair na real...
>
> Você não liga se eu não for do jeito que você sonha? De repente acha que eu sou uma princesa e eu não passo de uma "burguesa metida a besta", como diz meu irmão (meu avô, não, ele diz que eu mudei muito e que, em parte, você é responsável pelo meu papo legal. Dez a zero pra você!).
>
> Sabe, logo que a gente começou nessa de cartas & bilhetes, eu fiz uma poesia e mandei para um concurso.
>
> Fiz pra você e agora coloco aqui:
>
> ### Viver um Grande Amor
>
> Não acho que esteja enganada...
> Pode ser, não se sabe...

Mas acho que o amor que eu tinha, que nem doce era.
Pode ser, não se sabe,
acabou-se o que não era tão doce.
Pode até ser — e acho que não estou enganada —
que eu vá me apaixonar
por alguém que eu não conheço...
Pode ser? É possível?
Ficar gamada por uma letra, frases bobas ou bonitas?
Sem saber se o cara é transado, bacana ou careta?
Se tem músculos debaixo da camiseta?
Pode ser que, para viver um grande amor, tenha de ter passado por raiva, dor...
Você sabe? Você viu ou sentiu?
Estou ficando apaixonada — eu sinto —,
sem ter passado por nada disso,
esquisito...
Será que para viver um grande amor é preciso ter tido dor?
Pode ser, não se sabe...
Só sei que estou ficando apaixonada — apaixonou-se,
[apaixonei-me,
por você, meu EU, meu amor...

    Quero que você saiba que não penso mais no T. (sem nomes, certo?). Estou noutra, livríssima e desimpedidíssima.
    Penso em você o dia todo. Minhas amigas querem saber por que ando tão no mundo da lua. Qualquer dia eu conto.

> Querido Eu, acho melhor a gente transformar esses sonhos em realidade.

APRÈS SAINT-EXUPÉRY

13

> MINHA FLOR,
>
> ESPERO VOCÊ NO CAMPÃO, AMANHÃ, ÀS 18H15, HORÁRIO DA SUA SAÍDA. VOU USAR MEU CASACO PRETO, DE COURO.
>
> TEU EU.

Nem pude dormir. Nossa, talvez não fosse o cara da minha vida, mas era o meu cara agora.

Puxa, e eu não tinha deixado nenhuma pista de como eu ia estar vestida. É claro que com o uniforme da escola, mas com uma outra blusa por cima, sei lá, vermelha... Ah, não tinha importância. Eu saberia como ele era.

Chamei mamãe no quarto. Peguei na mão dela e coloquei em cima do meu coração. Ela riu. Disse que não sabia que no meu peito havia uma bateria. Contei que, finalmente, iria ver a cara do meu EU.

Já passava das dez da noite.

Foi aí que ela abriu uma porta pra mim... Uma porta que manteve fechada por muito tempo.

— Sabe que eu tive um namorado "de carteira"?

Fiquei quieta. Resolvi escutar.

— Lembra um papel que você achou numa bolsa minha? Era dele. Talvez fosse uma paixão, filha... Eu nem sei mais. Mas o que marcou

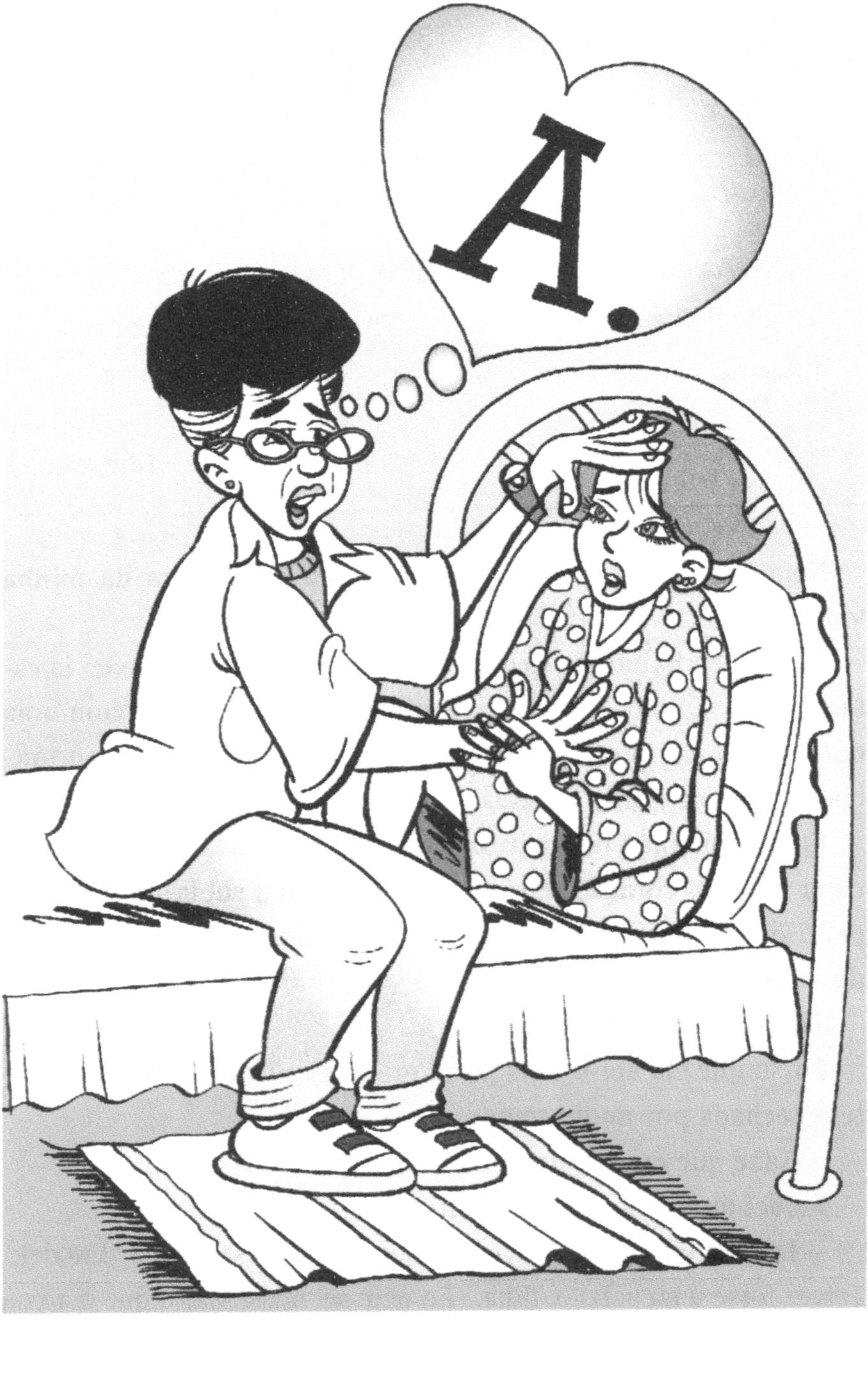
A.

mesmo foi que meus pais, seus avós, você sabe, proibiram o nosso namoro. Daí eu fui deixando de ver o Artur, fui me distanciando... Aquele bilhete que você achou foi o último... E o único que eu guardei. Sabe, a mamãe não me chamava quando ele telefonava, nem o papai. Ele mudou de cidade e eu acabei conhecendo o seu pai. Mas foi uma paixão, grande, dura de esquecer. Eu estava no primeiro clássico e ele no terceiro científico. Ele era negro... — ela abaixou os olhos se desculpando pelo racismo bobo dos seus pais.

Me abraçou forte e chorou... E desejou que eu descobrisse no meu EU um amor para a minha adolescência.

— Amar é bom e eu quero que você seja feliz! Se não for ele, que seja outro, mas que seja bom e eterno enquanto dure!

Já tinha ouvido essas palavras em algum outro lugar.

Me enchi de coragem e me olhei no espelho. Peguei minha mochila e um agasalho vermelho.

Encontrei meu avô no corredor.

— Ih, Tânia, parece que você viu um passarinho verde! — ele riu.

Entrei no seu quarto e contei pra ele que iria conhecer o meu EU. Ele ficou todo feliz com a notícia.

— Vô, pra que você quer um terno novo, branco?

— Deixa eu te contar agora o "meu segredo"! — ele me puxou pela mão.

E me contou a coisa mais... mais absurda do mundo e, ao mesmo tempo, a mais linda!

Passei um batom bem vermelho, desses mesmo que eu pego da minha mãe — com toda a permissão —, dei um beijaço no vovô, um abraço no meu pai e no meu irmão (que não estavam entendendo nada) e fui para a escola com a minha mãe, feito criança feliz de primeiro ano de escola nova.

Encontrei o Tato logo no corredor principal.

Falei um "oi" tão natural como falei ao Renato, à Laura, à Ângela, que estava contando do fim de semana dela com o meu ex-namorado.

Prestei atenção nas aulas e fiz uma redação de português que ficou um barato.

Pronto. O sinal tocou.

Demorei um pouco a sair da classe. Demorei pra descer as escadas.

Enchi o meu peito de ar, o coração de alegria e fui para o campão.

Não tinha ninguém... Ainda.

Acho que caminhei com os olhos fechados.

Ele me abraçou pela cintura — eu ainda tinha meus olhos fechados — e falou ao meu ouvido:

— Que bom que você existe! — ele pegou a minha mão.

— Foi isso que eu escrevi na minha redação de hoje! — entreguei a minha outra mão pra ele.

Abri então meus olhos para o amor.

Saímos do campão e atravessamos o portão da escola.

O povo ainda estava por lá. Acho que ficaram meio surpresos com esse nosso namoro assim, da noite pro dia.

A gente sabia que não tinha sido da noite pro dia.

Fomos andando devagarinho, conversando depressa.

Nossa! Nós temos tanta coisa pra saber um do outro ainda! Ele nem sabia que eu sou irmã do Toni!

Ah, encontramos a minha mãe no caminho. Assim que ela nos viu de mãos dadas, deu uma paradinha com o carro, deu um sorriso, uma buzinada e soprou um beijo pra mim.

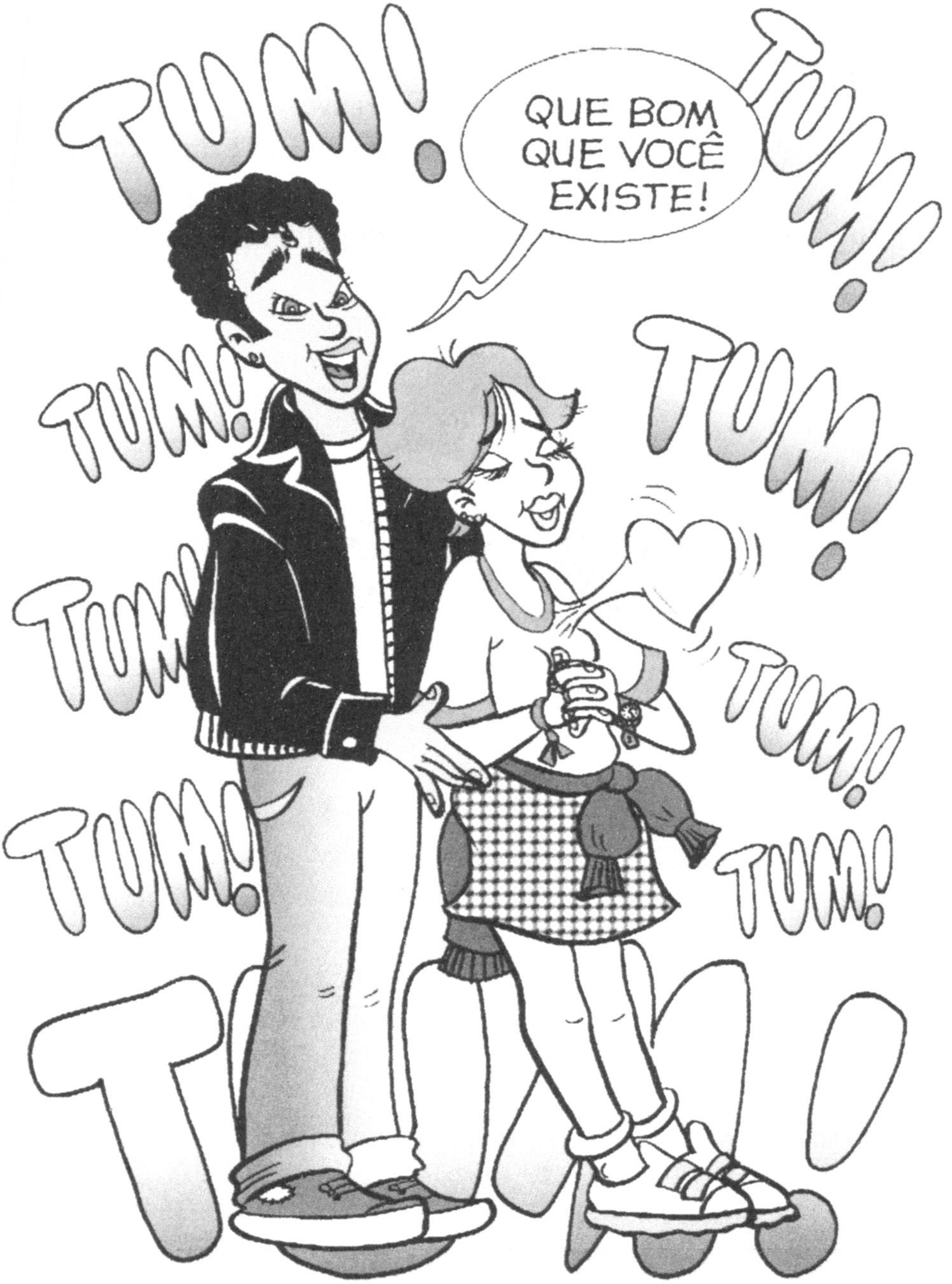
TUM!
QUE BOM QUE VOCÊ EXISTE!
TUM!
TUM!
TUM!
TUM!
TUM!
TUM!
TUM!
TUM!

Senti que esse era o seu o.k.

Que bom, mãe. Os tempos mudaram.

Um dia, quando estivesse com os meus avós lá no sítio, os pais da minha mãe, sabe?, eu diria pra eles que o amor é um arco-íris.

P.S.: PRA FALAR A VERDADE, ACHO QUE ELE É AZUL!

14

Sei que você deve estar morto ou morta, sei lá, de curiosidade pra saber do meu avô.

Tá certo, eu conto esse segredão que é só meu e dele, por enquanto: lembra daquela namorada dele, lá pelos mil oitocentos e bolinha, a que teve pneumonia? É, aquela das cartas, a da Estação da Luz, a do vestido branco em que caiu café? Pois é. O seu Antônio Augusto, meu avô, encontrou a Maria Eugênia no Baile da Saudade. Você já viu uma coincidência como essa?

Ela se casara também, tivera filhos, netos. Morava com o filho, a nora e os netos, como o vovô.

Naquele dia em que ele comentou de um terno branco, tinham resolvido recriar um momento mágico das suas vidas. Ela se vestiu de branco e ele também. Sem lavar de última hora, sem cafezinho caído, sem pai e mãe pra levar filha embora, sem filho no pé, estavam assim ficando, ficando... "Como os jovens" – ele me disse.

Estavam se amando, se apaixonando, como antigamente... Como agora!

Meu avô disse que o amor é amarelo.

– Cor de outono, minha filha... Cor de outono!

Outra coisa que você deve estar querendo saber... Se é que se lembra ainda! Não ganhei o concurso de poesia da revista *Gata*. Em compensação, estou vivendo um grande, grande amor... Você não acha que até parece coisa de filme?

The End

FOREVER Flor e Eu

meu amor aposentado

Este livro foi composto em Avenir e Rotis Serif e
impresso em papel Offset 90g/m².